克瓦特探案集 ②

蓝色的旋转木马

[德] 于尔根·班舍鲁斯 著

[德] 拉尔夫·布茨科夫 绘

徐芊芊/王彧 译

汉斯约里·马丁奖

德国优秀青少年侦探故事小说奖

百花洲文艺出版社
BAIHUAZHOU LITERATURE AND ART PRESS

图书在版编目（CIP）数据

　　蓝色的旋转木马 /（德）班舍鲁斯著；（德）布茨科夫绘；徐芊芊，王彧译.—南昌：百花洲文艺出版社，2015.9
　　（克瓦特探案集）
　　ISBN 978-7-5500-1484-8

　　Ⅰ.①蓝… Ⅱ.①班… ②布… ③徐… ④王… Ⅲ.①儿童文学-侦探小说-德国-现代 Ⅳ.①I516.84

中国版本图书馆 CIP 数据核字（2015）第 198124 号

Author: Jürgen Banscherus
Illustrator: Ralf Butschkow
© Das blaue Karussell　Ein Fall für Kwiatkowski. Bd.03 (1996)
© Tore, Tricks und schräge Typen　Ein Fall für Kwiatkowski. Bd.04 (1996)
by Arena Verlag GmbH, Würzburg, Germany.
www.arena-verlag. de
Chinese language edition arranged through HERCULES Business & Culture GmbH, Germany
Translation copyright © 2015 by shanghai 99 Culture Consulting Co.Ltd.

江西省版权局著作权合同登记号：14-2015-0198

蓝色的旋转木马　克瓦特探案集②

〔德〕于尔根·班舍鲁斯　著　〔德〕拉尔夫·布茨科夫　绘
徐芊芊　王彧　译

出　版　人	姚雪雪
责任编辑	王丰林　郝玮刚
特约策划	尚　飞　杨　芹
封面设计	李　佳
出版发行	百花洲文艺出版社
社　　址	南昌市红谷滩新区世贸路 898 号博能中心 A 座 9 楼
邮　　编	330038
经　　销	全国新华书店
印　　刷	山东德州新华印务有限责任公司
开　　本	889mm×1194mm　1/32
印　　张	5.125
版　　次	2016 年 2 月第 1 版第 1 次印刷
字　　数	44 千字
书　　号	ISBN 978-7-5500-1484-8
定　　价	16.00 元

赣版权登字：05-2015-339
版权所有，侵权必究

网址　http://www.bhzwy.com
图书若有印装错误，影响阅读，可向承印厂联系调换。

目 录

克瓦特探案集

蓝色的旋转木马

徐芊芊 译

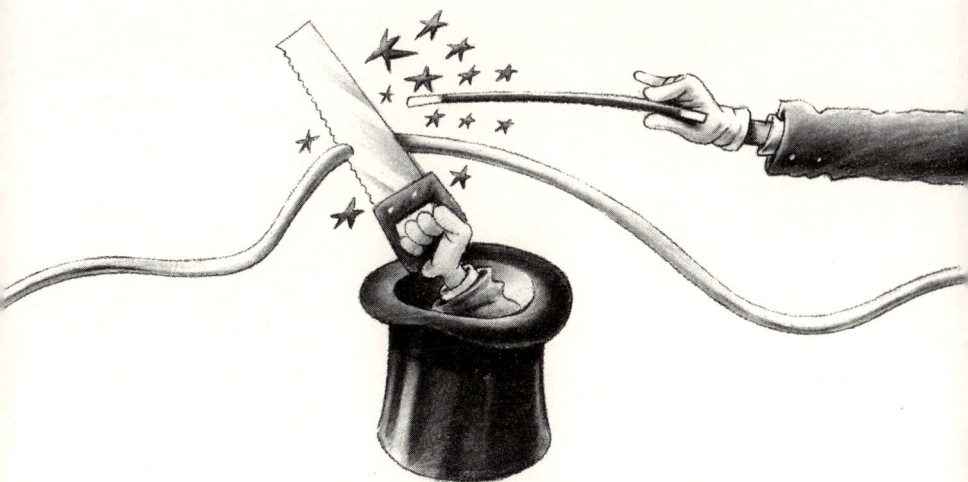

1

　　我叫克瓦特，是一个私家侦探。最近，我放学后的大多数时间总是懒洋洋地躺在床上，听着音乐，嚼着我那无与伦比的卡本特牌口香糖，整升地喝着牛奶，并且

第一次为下个案子还没着落而感到万分庆幸。

要知道刚落下帷幕的圣临节 ① 年市差点把我的命也搭进去了，只要一想起那两个夜晚，我就……

还是让我从头道来吧。

是这样的，故事发生在圣临节年市刚好进行到一半的时候。年市开头几天我总是着了魔似的，一放学就朝家里跑，狼吞虎咽地把饭送下肚后，撒腿就往年市奔去！

我妈妈大多数情况下只看到我身后卷起的尘土。

---

① 圣临节：圣灵降临节，也称五旬节，是基督教节日。

4

直到一天，我发现自己破产了，简直是一文不剩。我站在厨房，把裤兜翻了个底朝天，却只找到一枚生锈的奥地利先令和一把断掉的自行车钥匙。这下我不得不彻底告别车市：再见，拜拜！至少我是这样想的。

偏偏我的卡本特牌口香糖也一块不

剩。没有钟爱的口香糖，我不过是个没魂的人。我得立刻到奥尔佳那儿去弄些新的来，我想她也许可以透支我几包，等我有钱了再付给她。（我再说明一下，奥尔佳有一个售货亭，离我们家不远，她有时会帮助我破案。）

我到她那儿时，她正叼着一根没点燃的香烟，嚼着里面的烟丝。她试着戒烟至少有三个月了。谁也不知道，她已经这样糟蹋了多少根香烟。

"请给我一包卡本

特牌口香糖。"我说。

"就一包?"她吃惊地问,"克瓦特,你怎么回事?"

我一句话也没说,只是把两个裤兜底拉了出来。

奥尔佳笑起来:"你准是逛年市逛得太勤

了，对不对？”

我点点头，又问：“钱能不能以后付？”

她从柜台上推过来五包。“拿着，我的甜心，”她说，“我会记到账上的。”说完她探出柜台，想要抚摸我的脸颊。

奥尔佳是个不拘小节的人，我和她是很亲密的朋友，可是我不允许别人摸我的脸，除了我妈妈。幸好她只是偶尔这样。

因此我闪开奥尔佳的手，打算要走。正在这当口，奥尔佳叫道：“等一下，克瓦特！你准知道那个蓝色的旋转木马，是不是？我是指每年年市里都有的那个儿童旋转木马。”

我是不是知道那个蓝色旋转木马？这算什

么问题！我小时候至少在上面骑过上百次。那时只要我骑上去，我妈妈就根本没法把我弄下来。

"刚才威廉在我这儿，"奥尔佳说，"那个旋转木马是他的。"

我抽出一片口香糖放进嘴里："还有呢？"

奥尔佳的身子弯得更低了："有人想搞坏它。"她把声音压得很低，可是前后左右并没有其他的人。她告诉我，近来旋转木马老是出现一些异常情况：它要么突然转得很快，要么规定的旋转时间还没到却突然一下子停下来。

"威廉在检查时，"奥尔佳最后说道，"发

现电线上有轻微的割痕。他现在担心会因为木马的安全问题而被勒令停止营业。"

"威廉为什么不去找警察？"我想知道。

"他去过。可是他们跟他说，专门派一个警员来监视他的旋转木马是不可能的。"奥尔佳耸耸肩，把香烟移到另一个嘴角，"怎么样？你想不想接手这个案子？"

还用说，当然想！没有警察介入的案子，正是我喜欢的。

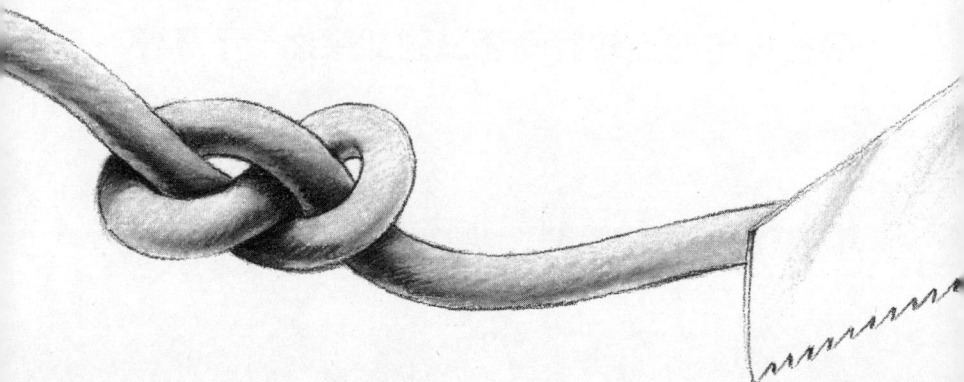

"如果你能查出来，是谁企图让威廉蒙受损失，"奥尔佳说，"你今天的口香糖就不用付钱了，怎么样？威廉是我的老朋友，我很想帮他一下。"

"你有没有跟他讲起过我？"我问道。

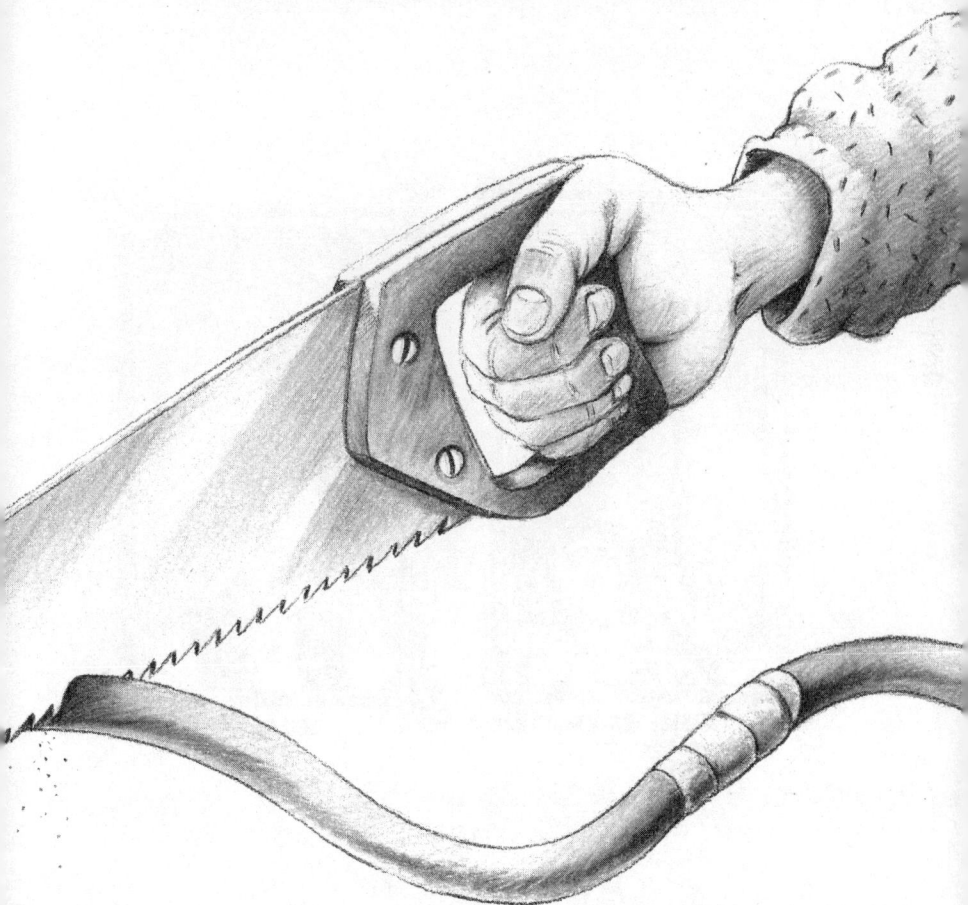

"讲过，"奥尔佳回答说，"我跟他说，你是最棒的。"

　　自从我粉碎了口香糖阴谋后，奥尔佳到处跟人说，我是多么优秀的一个侦探。

夏洛克·福尔摩斯

克瓦特

而自打我破了滑轮鞋失踪案后，她认为我简直就是个天才。呐，她该这么说，她有理由这么说。

就在几分钟前我还确信，圣临节年市对我来说已经结束了，可现在我又站到了这大型的场子里，兴奋得好像马上要坐 3D 飞行模拟机。只是我没钱而且眼下也没有时间，我得去蓝色旋转木马那里。

尽管这个旋转木马比其他大多数旋转木马要小，但是从不会被人忽略。这要归功于它的蓝色顶盖，让它看上去就像一片小小的天空。在这个蓝色旋转木马上，没有救火车、摩托车、飞机或警车，别的都没有，只有小木马，被漆成各种颜色，再配上镀金的马鞍子和马笼套，完完全全是过时的幼稚玩意，可小孩子们就是觉得好玩得不得了。

我到那里时，木马刚转完一盘，家长们正把孩子从木马上抱下来。一个年纪和我差不多大、辫子一直拖到屁股的女孩，正在收下一盘旋转木马的票。

　　"我找威廉先生。"我对女孩说。

　　她把我推到旁边，去帮一个小男孩骑到马上。"你找我叔叔想干什么？"她背朝着我喊出了一句。

　　我靠在一根支撑顶盖的彩色柱子上。"听说旋转木马经常出故障，是不是这样？"我随口问道。

　　这下她夸张地扬起了眉毛。"谁说的？"她反问道。

"不知道。"我说。

我们的谈话还没继续下去，从收银的小房子里走出一个头戴巴斯克贝雷帽的男人。他按下一个按钮，木马又转了起来。

"嘿，威廉叔叔。"女孩叫道。

"什么事，苏珊？"

她指了指我："他找你有事，我猜跟电线出故障的事有关。"

威廉拿出一块大花手帕，擦了擦额头上的汗，就连珠炮似的骂开了："你是不是认识那个

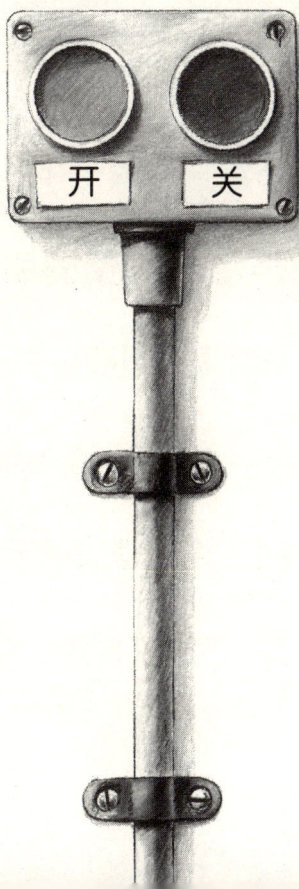

臭屎蛋，那个乱剪我电线的臭屎蛋？要是你知道是谁干的，一定得告诉我！简直就是顽劣透顶，无耻之极……"

苏珊打断他的话："威廉叔叔，不要这么激动好不好！"

威廉深深地出了口气，把声音调回到正常音量，问我："你又是谁？"

"奥尔佳的朋友。"我说，"我叫克瓦特，是个私家侦探。"

我的话音还没落，威廉就爆发出一阵大笑，笑得差点透不过气来。

"我以为……我还以为……"等他止住笑，

却转而叹起气来。"我还以为你是个真正的侦探呢！奥尔佳跟我说：'克瓦特会帮你的，他是城里最好的侦探。'可现在，"他又笑起来，"她现在给我叫来了一个小毛孩！"

这家伙拿我取笑，这让我很不爽。

这时他按下了旋转木马的停止键，我也不

想再凑在这里被人不必要地挤来挤去。"瞧您这儿怎么收场吧。反正和我无关。"我嘀咕了一句，然后转身就要走。看来这个挺不错的新案子要告吹了，可惜，真是可惜。

可没料到苏珊一把抓住了我的手臂。"我叔叔不是这个意思，"她说，"相信我，他只是没睡好。"

"没睡好？"威廉叫道。

好笑，好笑，他可真容易被人激怒啊！

"没睡好？我的眼睛都没闭一下！整个晚上我都守在那儿，一心想要抓住那个臭屎蛋。可惜未能如愿！"他猛地按下按钮，旋转木马又开始转起来。小孩们高声尖叫着，而每转一圈家长们就要大声嘱咐他们，千万要抓牢了。

　　我朝苏珊使了个眼色，笑着用手堵住了自己的耳朵。

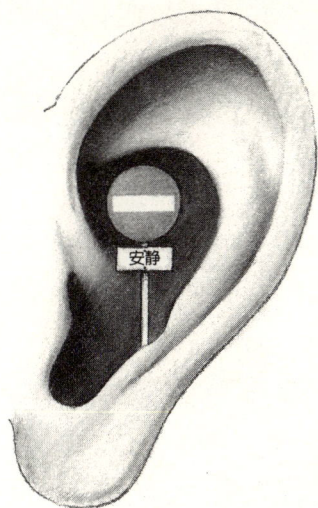

安静

可是，接下来是怎么回事？木马们突然加快了旋转速度，而且越来越快！那些木马发疯似的上震下摇疾驰而过！孩子们一开始觉得很有趣，等他们明白过来是怎么回事后，一个个吓得脸色发白。如果不是因为得死死地抱住木马才能不被甩下来，他们早就恨不得立即跳下这发疯的木马。说时迟那时快，我根本没料到威廉还有这一招，只见他闪电般地一个鱼跃，飞快地钻进收银小房，切断了整个电源。木马们还持续跳了两三次才慢下来，直到最后完全停住了。

这时，站在一旁呆若木鸡的家长们才纷纷反应过来，跑过去把还在惊叫不止的孩子从马上抱下来，然后冲威廉奔去。威廉被愤怒的人们里三层外三层地团团围住，差不多都要被淹没在里面了。一个母亲甚至用雨伞愤怒地指着他。

威廉好不容易才使人群渐渐平静下来，他退还给每个人这盘转马的钱。不一会儿，蓝色旋转木马旁变得很安静。

"像这个样子已经是第三天了。"苏珊轻声地对我说道。她的叔叔在收银小房旁挂起了一块纸牌，上面写着：

暂时关闭

然后，威廉慢慢地踱到位于旋转木马中央的马达机柜前，打开柜门，钻了进去。一分钟后他就爬了出来，从收银小房里拿了绝缘胶带和工具后再次消失了。"看来他们又来过了。"苏珊嘀咕道，忧虑地拨弄着她的长辫子。

　　我思索起来。显然威廉有仇敌，不然为什么有人要破坏他的电线呢？当我向苏珊问起这事时，她说："仇敌？威廉叔叔的？不知道。"

　　我还来不及继续问下去，苏珊的叔叔已完成了修理工作。很快木马又载着其他的孩子转了起来，好像刚才的一切都没有发生过似的。

　　"这次是什么原因？"我问威廉。

　　"和以前一样。"他回答说，"有人在电线

上动了手脚。"

"你昨天晚上可是一直守着的，"我说；"不可能有人靠近电线，是不是？"

"没错，"威廉说，"此外马达机柜也是上了锁的，而且我跟往常一样用帆布篷把旋转木马整个罩起来了，外面还加了挂锁。"他叹了一口气，"除此以外，到底还要我怎么做啊？"

"您今天早上检查过电线吗？是不是正常的？"我问。

威廉摇摇头："没有，我想我到底监视了一整晚，就……"

我紧追不舍地问下去："您真的没有睡过去？一丁点也没有？"

他勉强地笑笑："也许瞌睡过一小会儿。"

"有人刚好利用了这一会儿。"我说，"可以让我看一下电线吗？说不定我可以找到一点线索呢。"

"请吧。"威廉说。

现在他的语气极其友好，看来他并非老得只会唠叨了嘛。不管怎么说，他已经打开了马达机柜的柜门，让我爬了进去。在昏暗中我辨别出那些交缠在一起的电线，一直连接到巨大的转动轴上。有几条线上好几处都用白色的绝缘胶带补过。被踩得坚硬的地面上有一截香烟头，我把它捡起来塞进口袋。除此以外就再也没发现什么其他的线索。

等我钻出来时，苏珊正在收取下一盘转马的票。

这期间有个瘦高个来找威廉。此人手

里拎着个银色公文包，公文包表面的银色由于磨损而失去了光泽，此时他正和威廉搭着话。

"我可以出您 8000 马克！"我听见那人说，"唉，好吧，我说，那就 9000 马克。"

"我不卖。"威廉说。

"10000 马克，"来人说，"给您现金，这可真的是我最后一次开价。"

威廉使劲地摇着头："这转马不卖，您听清楚了？这是我祖父让人打造的，是我父亲把它拉到年市上的，已经有五十年的历史了。"

"您也一把年纪了。"瘦子笑道，"风霜雨雪的，您总有一天干不动这活儿。"

"哈！"威廉怒喊道，"等你翘了辫子，我

还站在这里呢！"

"您这样说话，难道不觉得羞耻吗？"

"我羞耻？"威廉吼道，"您跑到这儿来，想用如此可笑的价格买下这世上最漂亮的儿童转马，还居然说我羞耻？你给我滚——饿死的长颈鹿，你！"

那瘦子见威廉如此大发雷霆，慌忙把公文包夹到腋下，匆匆消失在熙熙攘攘的人群里。

"这下您总算给了他一点颜色瞧瞧。"苏珊敬佩地说。

"啊，孩子，"威廉说，"那家伙真把我给惹恼了，今天可是他第三次来找我了。"

第三次？我的脑子里闪过一个念头，有没有可能，是那个瘦男人躲在幕后操纵那些肮脏事的？

也许他正指望着，哪一天威廉再也没有心思去修补那些电线，或者他的转马得彻底停业……

我鼓起劲来，尽管先前威廉嘲笑过我，可他还不至于让我讨厌。

"如果您同意，今天晚上我就埋伏在这儿监视。"我说。

威廉皱起眉头看着我。

"不会有结果的，"他说，"你父母会怎么说？你到底还是个孩子。"

停止使用

"首先我只有母亲，"我说，"其次她已经

习惯了我的工作。"

话虽这么说，可事实并不完全是这样的。

实际上我母亲绝不允许我晚上办案，她本

来就不放心晚上值夜班时把我一人留在家里，

只是她一直以为，我是在家里睡觉。

威廉微笑着说："好吧。"他把手伸给我，又问道，"你的名字到底叫什么？"

"我叫克瓦特，叫我克瓦特就行了。我得先说在前面，我的工作是要报酬的。"我继续说道。

"这个我可以考虑，"威廉说，"好吧，克瓦特，如果你抓到坏蛋，我免费让你乘十圈木马。"

我狡黠地笑着摇摇头。

"不，谢谢。"我说，"我想，这种奖励对小孩子更适合。"

"如果旋转木马只为你一个人开呢？"威廉

问，"以双倍的旋转速度，就你一个人坐，怎么样？"

双倍的旋转速度？这主意立刻说服了我。

夜班

第二天晚上是我实施计划的好时机，因为我妈妈正好值夜班。

碰到这种情况，她通常都要到次日清晨七点左右才能回到家。不然的话我就得蹑手蹑脚

6 星期六

作业

牙医

购物！

钱？

7 星期日

和姑姑埃
露娃喝咖啡
16:00
太棒了！

地经过她的卧室才能出家门，这得冒相当大的
险。有一次我虽然成功了，却由于害怕得要
命，又退了回去。我害怕她不知道什么时候醒
过来时，发现我的床上是空的，那将会有什么
样的事降临到我的身上？我不得而知，对此我

也没有好奇心。

晚饭后，我回到自己的房间，把一个大号手电筒塞进背包，又放进去从床边的旧冰箱里拿出的两升牛奶，最后把剩下的几包口香糖全都塞进了裤兜。这可能是一个漫长的夜晚，我不想没有卡本特牌口香糖的陪伴。

妈妈离家两个小时后，我也该出发了。我

拿起背包，把钥匙挂在脖子上，出了家门。

　　走在大楼的楼道里时，我小心翼翼地踮起了脚尖。有几个好奇心特别强的邻居，就喜欢在我母亲面前嚼舌，说我又怎样怎样……

　　外面很冷，天空无云，月亮就像一个厚厚的煎蛋饼，挂在城市的上空。我庆幸自己穿上了冬天的厚外套。守候已经够辛苦的了，如果还得挨冻，那我可受不了。

在去年市的路上我得经过奥尔佳的售货亭，她正在窗前挂防盗栅栏。当我告诉她我的计划后，她又送给我一包口香糖，然后就骑上她那辆破自行车消失在下一个街口。有一刻我想追上她问一下，她是否愿意和我一起去。毕竟到时要对付的有可能不止一个人。然而我很快就放弃了这个念头，冒险的事我自己一个人就够了。

当我慢腾腾地来到年市时，市场上已经基本空了，差不多所有的旋转马车和小摊子都已经关门，只有一辆贩卖啤酒的手推车旁还站着几个喝得醉醺（xūn）醺的人。然而不知什么时候这里的灯火也灭了，只剩我一个人孤零零地站在灰蒙蒙的场地上。各种好闻的香味从四

面八方直冲我的鼻子：烤杏仁、油炸鱼、胡椒

蜂蜜饼、小肉肠和芥末酱……我在心里盘算着，

下次年市时我可得精打细算地分配我的花销。

四周一片阴森森的，我紧挨着摊子向前

走，当心一点总是好的。在蓝色旋转木马对

面，我躲到了海盗船的背后，从那儿我可以把一切看得清清楚楚。

在黑暗中，这里看上去和白天的景象完全两样，威廉的转马变成了一个巨大的黑蘑菇，而我眼前的海盗船则好像成了一个危险的怪兽。

26496
26497
26498
26499
26500
26501
26502
26503
26504

突然有只猫发出一声尖叫，吓得我差点晕过去。我把整个身子缩进外套里，只剩下两只脚还露在外面。

我就这样埋伏着，嚼了一块又一块的口香糖，继续等；数遍了教堂上面的星星，还在等；强睁着眼睛，打哈欠时下颌骨发出咔嚓咔嚓的响声，仍旧在等。

我是白等了。

没人在威廉的转马旁溜达。这个晚上我唯一看到的活人是巡夜纠察队的人。那两人每个钟头都从我藏身的地方经过，我得拼命地蜷缩到海盗船的后面，直到他们的脚步声远去。

天终于渐渐亮了，我的两升牛奶喝完了，一打口香糖也被消耗光了。但我两手空空，一无所获。此外，我冻得牙齿咯咯咯直打架，我害怕它们就要掉出来了。我的手表指针指向六点，我得走了，我必须赶在我妈回来之前到家。我的双腿发麻，走起路来直摇晃，幸好它们一点一点地恢复了知觉。等我妈妈从楼梯口走上来时，我已经平静地坐在桌前吃早餐了。

跟往常一样我铺好了桌布，煮好了咖啡。
我妈妈总是说，我煮的咖啡最香。她在我旁边
坐下来，亲了我一下。

"你看上去很累。"她很肯定地说。我勉强
挤出一个微笑说："你也是。"

她给自己倒了一杯咖啡。"我整晚都没闭
眼。"她说。

我也是。这句话我几乎要脱口而出了，但

还是不要说出来的好。

"大概你看电视看得太晚了，"母亲说，"承认吧！"

我使劲地摇头："没有，妈妈，绝对用名誉担保！"

我不知道早晨在学校里是怎么挨过去的。其间我不停地打瞌睡，幸好没引起别人的注意，因为我有睁着眼睛睡觉的本事。我妈妈觉得这是一种才能，而我的女老师却不以为然。

在回家的路上我走得又急又快，因为我想尽快到

蓝色旋转木马那儿看一下。到家时，我母亲还在睡觉，因此我给自己热了点炒土豆和一个前天剩下的煎肉丸，并跟往常一样喝了一大杯牛奶，然后出门前我给妈妈留了一张字条："可能晚点回来！"如果明天要交的家庭作业来不及写的话，可以抄塞巴斯蒂安的。

我小跑着经过奥尔佳的售货亭时，见她使劲地朝我招手。"威廉到我这儿来过。"她激动地说，"他今天早上检查了电线，发现又被人剪过了！你对这事怎么看？"

一开始我完全没听明白这是怎么一回事。也难怪，我到底在学校里只睡了几分钟的时间。"电……电线？"我的嘴巴里只吐出这几个字来。

奥尔佳又重复了一遍她刚才的话。

"这不可能!"我叫道,"我整晚都在那里盯着!"

"那只能是幽灵干的了。"奥尔佳转动着眼珠说。

"胡扯!"我反驳道,"我会弄清楚是谁干的,等着瞧吧!"

离开奥尔佳后，我竭力想理清思路。威廉给马达机柜上锁后，又用一块厚帆布篷把旋转马车围了起来，外加一把炸药都炸不开的挂锁——这样居然还有人能靠近电线！而且我是真真切切地整晚都监视着的，机警得像只山猫。当我早上离开时，城市清洁工已经上班了，他们得扫除前一天的垃圾。清洁工……会不会是他们？可他们为什么要这么干？见鬼，这真是个棘手的案子。

当我到达蓝色旋转木马处时，脑子里还是乱哄哄的，没有头绪。又有人来找威廉，这次倒不是那个拎着公文包的瘦高个。只见在收银小房旁，威廉正和两个男人站在一块儿。这两个人我都没见过。他们三人很狂躁地挥舞着手臂，不停地打断对方的话。我试图偷听他们在说些什么，只可惜周围太喧闹了，我只得到些片言只语：

"……生意遭殃了……"

"……老顽固……"

"……重新定票价……"

"……这样对你可能更合适……"

"……这话还不确定……"

"……对孩子们来说很重要……"

"……现在你得涨价……"

"……等很长时间……"

"……这就是后果……"

"妈的，你们给我滚！"我突然听见威廉大声喊道，"我还得忙去！"

于是那两个人谩骂着讪讪而去，其中一个还把抽剩的烟头弹到威廉的脚下。

"那两人是谁？"我问苏珊。他们三个争吵的时候她站在我身边，跟我一样好奇地竖起耳朵想听到些什么。

"是奥伯斯特和米勒迈尔。"她告诉我说，"奥伯斯特是海盗船的老板，米勒迈尔则拥有旋转木马连锁生意。"

"他们想要你叔叔怎样？"

"总是那句话，威廉叔叔

应该提高票价，可叔叔不愿意，在这点上他就是固执己见。"

旋转木马渐渐慢下来，威廉向我们走过来。"你好，超级侦探，"他跟我打招呼，"你睡得好吧？"

我立刻明白了他这话的意思。要是我处在他的位置上，也会不高兴的。

"我没有睡过。"我担保说。

威廉变了脸色："那为什么又发生了那种事，嗯？你倒有什么可以解释的？"

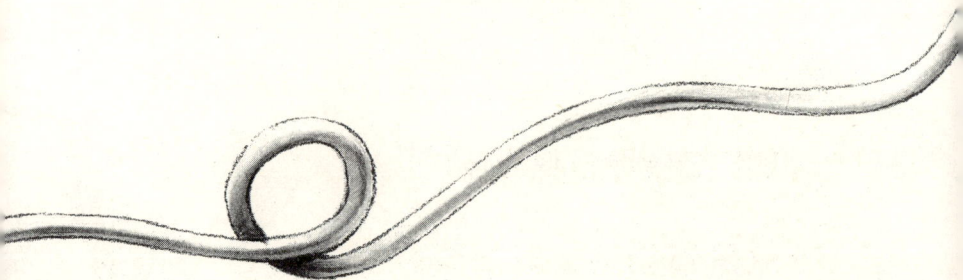

"还没有。"我的声音有点没底气。

"那把挂锁一点撬过的痕迹都没有,"他说,"帆布篷也没被动过。这简直像变戏法一样!如果再这样下去,我得关门歇业了。"

关门歇业?让蓝色旋转木马停转?这下倒可以让某些人称心!

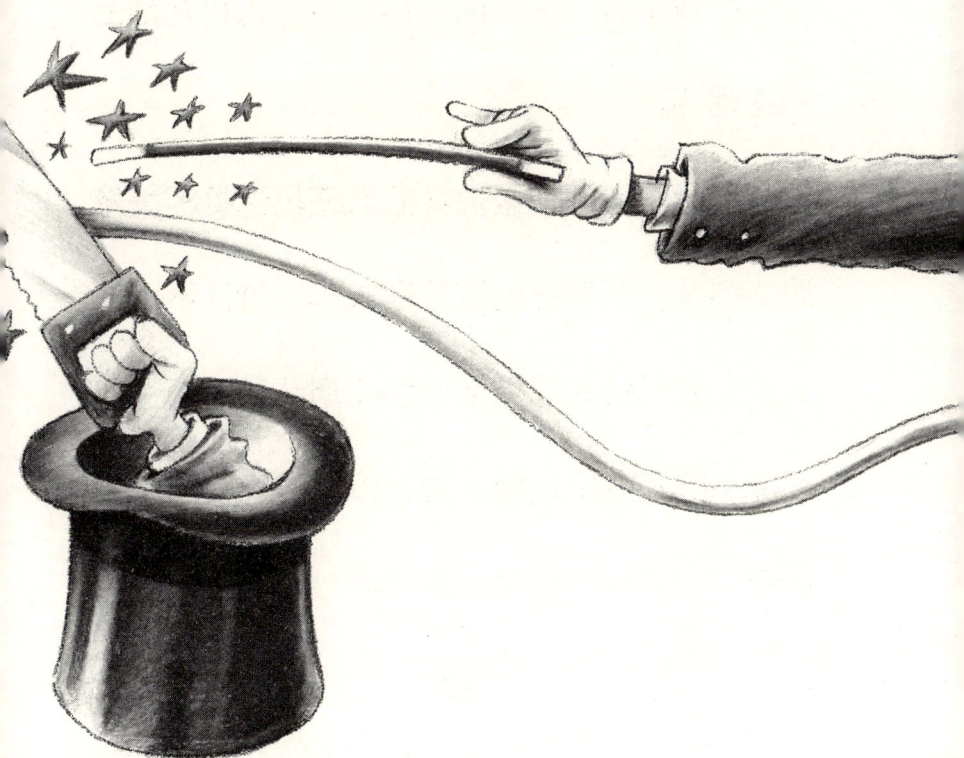

还有，我的脑子里又冒出一个疑点。

"……这就是后果……"那两个人中有一个这么吼过。会不会是他们躲在幕后操纵的？因为威廉的价格便宜，抢走了他们的顾客。这很有可能，他们想弄掉一个讨厌的竞争者？

我弯下腰，捡起刚才其中一个人扔在地上的香烟头。

我急忙在裤兜里翻找上次在马达机柜里发现的烟头，可它已经被压得太碎，辨认不出什么了。我气恼地把剩下的那点烟头残渣扔进了收银小房旁的垃圾桶，决心以后要稳妥地保管证物。

真是活见鬼！不知不觉中我真的陷进一个快要发疯的境地。我有三个嫌疑人，瘦高个、奥伯斯特和米勒迈尔，外加一点微不足道的证据，但对整个案子的来龙去脉仍没有一丁点头绪。

"不可能让人坐到电线上去监视吧？"正在这时，我听到苏珊对威廉这么说道。

"不可能"？这三个字在我的脑子里飞快闪过，啊，怎么不可能?！我立刻要求威廉把旋转木马的钥匙交给我保管到明天。他犹豫了一下同意了。也就是说，我打算在年市里再守一个晚上。如果运气差的话，这一夜又要白守。不过也许我会有好运气，能在这个晚上把整件事情弄个水落石出。老实说，我相当肯定，到时某一个我的嫌疑人一定会出现，或者还有其他人，或者一起现形。

当我走进家门时，离傍晚还早。我妈妈跟

往常上夜班的日子一样，这会儿刚

刚起床。厨房的桌子上放着一个面

包篮，旁边是一壶咖啡——她是在

晚饭时间吃早餐。

　　我妈显然睡了一个好觉，她根本不想过问

我是否已经写完了作业。我坐到她旁边，给自

己倒了一杯牛奶。

我妈妈用"我——看——得——见——你——肚——子——里——的——每——条——蛔——虫"的眼光看着我，说："你又有新案子了，对不对？"

我点点头。

"讲给我听听，这回是什么样的案子。"

我太累了，实在没精神把蓝色旋转木马的整个事件跟她从头讲来，于是我只是说："一桩小案子，妈妈，没什么值得讲的。"

她把碗筷放进水池里。"哎，好吧。"她说，"那我就放心了，现在你去做家庭作业吧。"看来她到底还是记得的，要是她忘了，我倒要觉

60

得奇怪了！

我乖乖地走回房间，又从床头的冰箱里给自己倒了一杯牛奶，然后躺到了床上。我想在做作业前，稍稍休息一下……

等我醒来时发现有人在使劲地摇着我。我睡眼惺忪地认出那是我妈妈。我瞧了一眼闹钟，天哪，我睡了差不多两个小时！

"我还以为你在做作业呢。"只听妈妈说道。

"我马上就开始做，我保证。"我硬撑着走

到书桌旁坐下，她故意用手把我的头发拨弄得乱糟糟的。

"瞌睡虫。"她笑着说。

"夜猫子。"我反唇相讥。

这天尽管没有很多作业，但我还是花了相当长的时间才完成。我就是集中不起精神来，每过一分钟我就变得更兴奋一点，甚至我的滚石乐队的老唱片也没法使我平静下来。

在我妈再次出门上夜班的两个小时后，我也出了家门。我在裤兜里塞了三包卡本特牌口香糖，它们总能在我担惊受怕的时候帮我壮胆。

我等在一个大型的垃圾集装箱后面，直到

最后一个逛年市的人消失后，才悄悄地溜近蓝色旋转木马，打开挂锁，钻进帆布篷里，并从里面把挂锁扭转过来锁上了。

看，这样就成了！现在千万不要告诉我，已经有人躲在转马里面了。

我在小木马间找了个舒服的位置，坐下来。我特地带了一个旧枕头垫着，这样不至于累坏了屁股。

如此这般我又守候起来。每个钟点我都听见守夜人从外面经过时的脚步声。不知从什么时候开始，我的脚渐渐地麻木得失去了知觉。

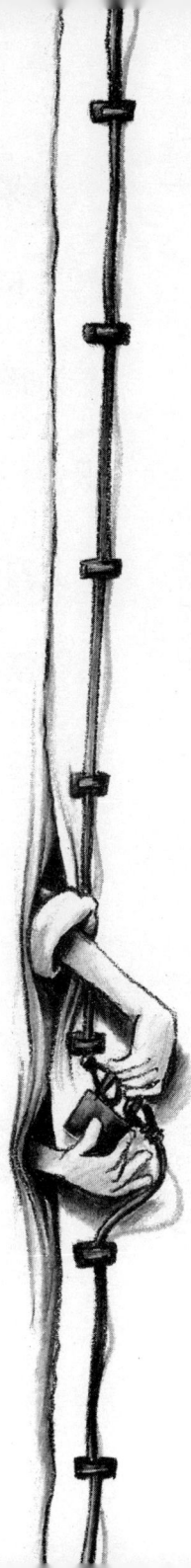

我不得不站起来，围着木马跳上一通，再看了下手表，离上次看表时才过去五分钟。我不禁感叹，私家侦探，一份多么独一无二的蠢职业！其他的男孩此时正蜷在他们的席梦思床上打着呼噜，而我却整夜不能闭眼！为了什么？就为了一个傻乎乎的儿童旋转木马！

这时，教堂的钟正好敲了三下，就在这时，我突然听到了一阵窸窸窣窣的响声，有点像摩擦纸张发出的声音。我屏住呼吸，竖起耳朵，对了，对了，又是这声音。我循着声音找去，想知道它是从哪里发出来的。不多久我就弄清楚了，是从马达机柜那儿传来的，绝对没错！有人在里面，这个人居然在我的眼皮子底下钻进了机柜。

我只觉得背脊一阵冰凉，脑子里有几秒钟一片空白。终于我对自己说：克瓦特，你是侦探，振作起来。而且事实上，我的脑袋瓜又开动

起来了。不用多费神，只有一种办法：我必须
再查看一下，而且马上就行动。于是我从一数
到三，非常小心地靠近马达机柜的柜门，紧张

得呼吸越来越重——什么也没发生。罩门是锁着的?！锁着的！这怎么可能？是条蛇在里面爬？或者还真是——一个幽灵？要是现在突然有一只毛茸茸的手穿过钥匙孔来抓我怎么办？这个想法使我浑身发抖。虽然如此，我还是没有动摇想一探究竟的决心。我手指颤抖地把钥匙塞进锁孔，然后悄无声息地转动着，紧紧地抱住我那笨重的手电筒，随着一记重响，柜门被拉开，手电筒的光直射向里面……

5

当我第二天中午怀着极佳的心情来到蓝色旋转木马处时，苏珊和威廉感到很吃惊。

"能想象吗，克瓦特，电线又……"威廉开口说道。但我愉快地打断了他的话头："我抓到他们了。"

"你抓到谁了？"威廉问。

"哈，还有谁？"我得意地笑道，"破坏你们电线的无赖，昨天晚上我抓到他们了。"

威廉激动得满脸通红。"他们在哪里？"他

叫道，"那些捣蛋鬼在哪里？我要狠狠地揍他们一顿！"

"慢着，慢着。"我一边让他平静下来，一边从肩上取下挎包，把它放到威廉面前的地上，并说，"他们在里面。"

威廉目瞪口呆地瞧着我："你跟我开什么玩笑，克瓦特？还有，我正要告诉你，今天早上我发现电线又有被剪过的痕迹！"

"那 是 最 后 一次，"我说，"我可以

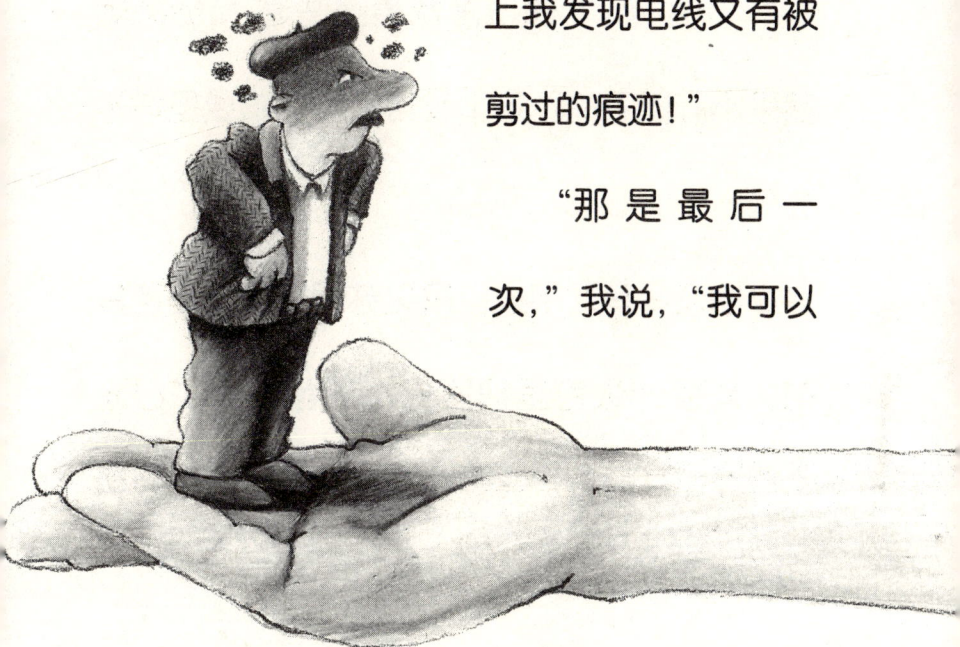

跟您打赌。喂，怎么回事？难道您不想知道是谁干的？"

威廉自顾自地嘀咕了些什么，到底他的好奇心渐渐占了上风。他唉声叹气地跪到地上，打开挎包，把头伸了进去。当他再次抬起头时，那神情好像恨不得立刻揍扁我。

"小豚鼠？"他气得低声嘀咕道，"你想骗我是小豚鼠干的？这下我可受够了，要是你不立刻……"

他还没有骂下去，只见苏珊突然扑到挎包前，双手伸进包里把两只小豚鼠抱到了日光下，只见一只身上是彩色花斑，另外一只是白色的。

"天哪，威廉叔叔！"她兴奋地叫道，"是尼普穆克和格拉蒂尼！"然后她转向我，"你怎么找到它们的？"

我清了清嗓子："谢天谢地，这下终于轮到我开口了。是这样的，昨天晚上我把自己关进帆布篷里，突然听见马达机柜里有窸窸窣窣的响声，我打开柜门，发现了这两个家伙，它们又在啃一根电线。我把它们藏在外套里带回了家。整个故事就是这样的。"

当然我没有讲出全部的细节，总没必要把吓得差点尿裤子的事也

讲出来吧?

苏珊把小豚鼠抱到胸前。"威廉叔叔,为什么我们就没有想到这点?"她问威廉,然后又对我说,"尼普穆克和格拉蒂尼是从我这儿跑掉的,它们在家里也

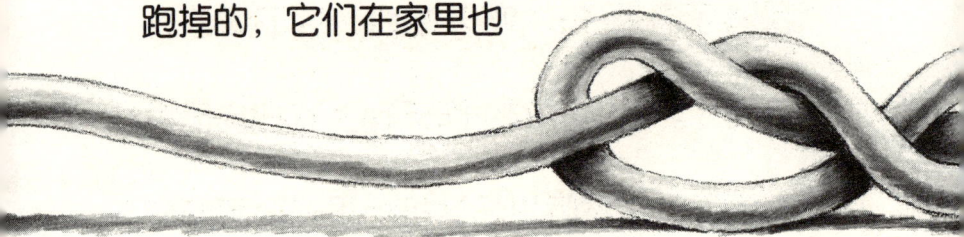

啃坏了一根电话线。"

这下子威廉也插话进来:"苏珊放学后把它们带到年市上来给我看,可不知怎么它们突然逃出笼子不见了。"

"我有一阵子发疯似的找过它们。"苏珊

说，"谢谢你，克瓦特。"

威廉把马达机柜查看了一遍，很快发现了一个小洞。那个洞我昨天晚上就看见了。

"它们是从这儿溜进去的，这两个小捣蛋！"他摇着头说完，向我伸过手来，"奥尔佳说得对，克瓦特，你真是一个优秀的侦探。"

这个说法我当然同意："是的。"我毫不谦

虚地领受。

"免费坐木马的承诺你想什么时候兑现?"

他问。

我笑嘻嘻地说:"你是指给我的奖励吗?

现在就兑现吧!"

威廉在收银小房子旁挂起一块牌子，上面写着"专车时刻"。我坐到最大的一匹马上，然后转马就开动了起来。当然，尽管这不是"8"字形的过山车轨道，但我还是很尽兴，因为威廉开足了马力，甚至在第五圈后，他自己也加入进来，最后一圈时苏珊也跳上了马。

这就是蓝色旋转木马的故事。所以当年市降下帷幕时，我得歇一歇，这不足为怪，是不是？

另外我还有些重要的事忘记说了。昨天早上在售货亭，奥尔佳探出柜台递给我一个四周

戳着洞眼的小包裹。"这是给你的，"她说，"还

有这封信。"

　　我打开信读道：

　　亲爱的克瓦特：

　　　　尼普穆克和格拉蒂尼现在很好。它们

　　已经从那段冒险经历中恢复过来了。我不

　　知道是否向你讲起过，在那之前格拉蒂尼

　　刚生过小孩。它们的孩子现在当然很高兴

　　又见到了父母。

　　　　希望这个小包裹能带给你快乐。

　　　　　　　　　　　　苏珊和威廉叔叔

就这样我和妈妈现在有了一个新的同居

伙伴，它叫保尔，是只漂亮极了的白色小

豚鼠。

克瓦特探案集

进球、诡计和臭坏蛋

王彧 译

直到两三个月前，我还觉得踢足球就和周日下午去散步、在冬季末大减价时去购物是一样地无聊。我觉得干这种事的人都是疯子，但谁能知道，有一天我就成了这样一个疯子守门员。

克瓦特，我们这个私家侦探会心甘情愿地在烂泥里滚来滚去吗？

这个擅长调查棘手案件的侦探会让别人把自己的鼻梁骨踢折吗？

我就是这样跟你说，你也肯定不会相信。

有一天，雅娜来找我。她是我们学校里最好的女足运动员，没有一个男孩子比得上她。所以她也是我们班的足球队队长。

我们当时正在课间休息。我嚼着我最喜欢的卡本特牌口香糖，手里拿着一瓶鲜牛奶，想让自己把刚才上课的紧张状态放松一

下。我们刚刚做了听写练习，这样的课堂练习非常不合我的胃口。"你好啊，克瓦特。"雅娜一边说着，一边在我的面前炫耀着她那印有拜仁慕尼黑队标志的围巾。

"嗯……"我嘀咕着。

"我想让你帮个忙，急事儿！"

我不紧不慢地嚼着我的口香糖，让它在嘴里倒来倒去，然后对她说："我不会踢足球。你还有别的事吗？"

但是雅娜可不是这么容易就能打发掉的。

"不是让你踢球，"她接着说，"我们需要你做侦探！"

做侦探?

这听起来好多了。

我已经有几个星期没有接到任何案子了。
有关蓝色旋转木马的怪事是我最后接手的一件
案子。我很开心，终于又有事可做了。作为一
名侦探还是需要时常锻炼的，要不然人的洞察
力会慢慢衰退的。

"那你说说吧。"我尽可能装作漫不经心的
样子，问道。我不想让雅娜感觉到我有多兴
奋，我终于又接到了个新案子。

F.C.
霍仑德尔队

她开始说:"我在霍仑德尔队踢球。眼下市里正在举行足球联赛,差不多每个街区代表队都参赛了。实话说,我们其实是可以赢的,因为我们有最棒的球员。但是奥利弗有时连最容易守的球都守不住,所以前两场我们都输了。如果我们再不当心的话,高街队就会赢得冠军。"

"你慢点说,"我打断了雅娜,"让我整理一下头绪。奥利弗是谁? 为什么他

连最容易守的球都守不住呢?"我很好奇
地问。

　　她告诉我奥利弗在我们学校上四年级 B
班,在训练的时候他总是能扑住球,但是在
正式比赛时却像个瞎子一样,什么球都扑

不住。

雅娜最后说："我总觉得他有点不对劲，我曾经观察过他，但是人在自己踢球的时候，总是很难分心去注意别人。试试看，也许你可以找出原因。"

老实说，我是真的很开心又有了新案子。但是听完了雅娜的介绍以后，我觉得这案子真是无聊到了极点。

可能这个奥利弗只是临阵怯场，太紧张的缘故吧。

我推托说："足球不是我的长项，不好意思，雅娜。"

我可不想把我的大好时光都浪费在脏兮

兮的球场上，说不准还有更惊险的案子等着我呢。

"拜托了，克瓦特，你就帮帮忙吧。"雅娜求我说。

她到底还是比我厉害。她干脆地把手搭在我的肩上，脸朝我靠过来，让我难以拒绝她。

她的脾气在我们班是出了名的，可能也正是因为她的强硬，所以她从来都能得到她想要的。

"好吧，好吧……"我无可奈何地嘀咕着，把她推到一边。我很不喜欢别人强迫我。我们就这样商量定了，我去看一场比赛，然后再决定接下来该怎么做。

当我向雅娜提起佣金的事时，她差点晕了过去，惊呼道："你要五盒那恶心的口香糖？你发疯啊！我父母一个星期才给我三块零花钱！"我耸了耸肩："这是你的事，反正低于五

盒我就不干。"

雅娜咬着手指，皱着眉头，想了一会儿，终于表示同意："好吧，一言为定，但是你一定要找出原因来。"

我们商量好下午在小区的足球场碰头。下午三点霍仑德尔队将在那里迎战莫扎特队。

这两支街区球队自联赛开始都还没有赢过。雅娜所属的霍队很希望可以赢得这场比赛。

我最后又问她："其他队员知不知道我来调查的事儿？"

雅娜摇着头说，当她和其他队员说了她的想法以后，他们只是把她笑话了一顿。

其实我也不相信，但我最好还是先不要发表什么意见，不管怎样，我还是很想得到那五盒口香糖。

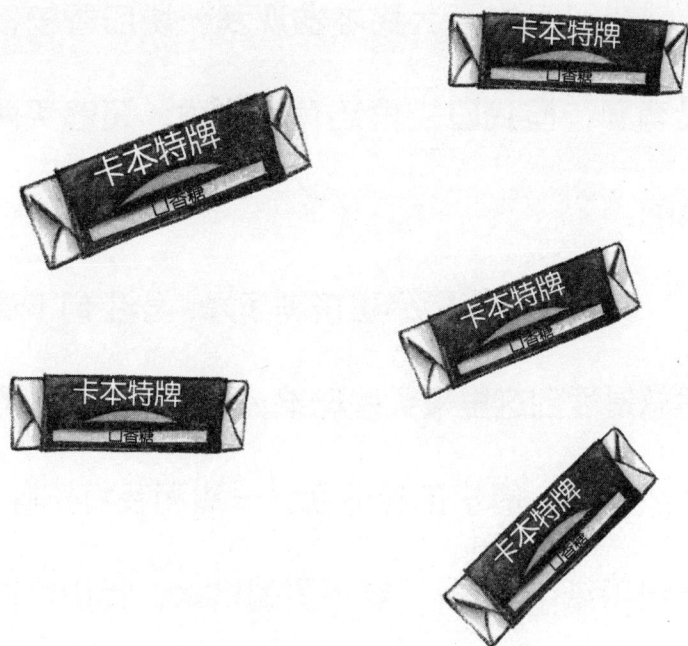

2

在回家的路上我才发现我一块口香糖都没有了，但我口袋里还有两块钱，还够买两盒的。

奥尔佳的售货亭里挤满了人，学生们下课后总是爱到这里来买些糖果、巧克力或者别的什么零食。奥尔佳看见我，一边和我打招呼，一边用纸巾擦汗："要不要喝汽水？我也给你拿一瓶？"

我当然不会拒绝的。"你还好吗？"她一边

问，一边放了两个杯子在桌上，"我好久没听说你办什么案子了，是不是洗手不干了？"

我喝了一大口汽水，说："胡说，我现在就在调查着呢，只不过挺无聊的。"

"无聊？"奥尔佳好奇地问。

我经不起别人追问我，便给她叙述了一遍整个事件，有关雅娜、奥利弗以及霍仑德尔队。说到底，它就是个极无聊的案子，也没有什么可保密的。

等我把整个事件讲完了，奥尔佳沉默着，像往常一样绞尽脑汁地琢磨着。

忽然她说道："你不觉得奥利弗有可能被收买了吗？"

"被收买了？"

奥尔佳点点头："或许他被什么人要求，一定要让自己的球队输掉。这种事也不是没有发生过。"

天哪，奥尔佳真是个天才！我自己是绝对

想不到的，因为我一向对足球不感兴趣。我甚至都想亲她一下了，但我只是轻轻地拍了拍她的肩膀，以示谢意。我知道，她是很喜欢我的，但尽管如此，我也不想对她过分地表示亲热。

　　"我真不知道该怎么谢你，奥尔佳！"我

说着，站起身来。我该回家吃午饭了，而且我要在妈妈面前绝对保密，一个字也不能提。我都已经跑到街角了，背后传来奥尔佳的喊声："我们保持联系！"

午饭过后，我急不可待地开始着手整理整个案子的头绪。但是妈妈坚持要我先写完家庭

作业，她根本不懂有时有比学习德语和数学更重要的事情。

我家离小区球场很近。球场四周是四座高层住宅楼，一眼望去便知这里不是什么正式的比赛足球场，只不过是一块光秃秃的空地而已。观众也极有限，只有几十个人在泥泞中观看比赛。

而且大多数的观众都站在边线附近。但我注意到有三个家伙一直都站在奥利弗的球门后，我的直觉告诉我，要对这三个家伙重点关注。

正当双方赛前热身的时候，雅娜来找我。她的左膝好像在流血，但她毫不在意。

"那就是奥利弗。"她指给我看那个刚扑出一个门柱球的家伙。

我点了点头。

"你看到了没有？大侦探，奥利弗真的很厉害！"

比赛开始了。因为场地太小，容不下二十二个人，所以每队只上场七个人，雅娜是

唯一的女球员。

但是她的球艺很快就征服了大家。她奔跑迅速，传球利落，能在绕过三个对方球员的拦截之后，还传球到位。霍队的前两个进球都是她踢进的，第三个进球也是她助攻的。老实说，连我都惊讶不已。

我其实很想在半场休息时夸奖她一下，但

是她只对一件事感兴趣，那就是，奥利弗是否有什么异常的表现。

我摇了摇头，他在上半场根本就无事可做，后卫队员防守得实在太好。

我问雅娜，是否认识那三个一直在奥利弗门后站着的家伙，他们现在正朝着场地的另一侧走去。

雅娜回答说："我当然认识啦，他们是凯文、丹尼斯和米尔克，他们一向自以为了

不起。"

我思索着："你不觉得奥利弗有可能被他们收买了，然后故意输掉比赛？"

"胡说八道，他们三个还想在我们队里踢球呢！"

在下半场比赛里，莫扎特队反攻凶猛，先是1:3，接着又进一球，比分2:3。接下来，居然很快扳平了比分。但据我观察，这三个球的确都是奥利弗无能为力的。

就在比赛快要结束前，雅娜在禁区里绊倒了一个对方球员，莫队因此得到了一个罚点球的机会。

他们的中锋左躲右闪，一连晃过几个霍队球员，一直把球带到了门前，然后突然提脚射门，所幸的是球撞到了奥利弗的脚上，擦着球门横梁飞了出去。

好险！就差这么一点。

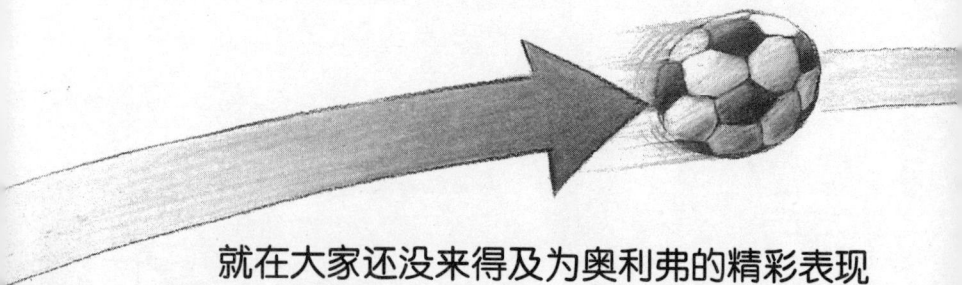

就在大家还没来得及为奥利弗的精彩表现欢呼时，雅娜已经带球绕过了对方四名队员，

又进一球，将比分改写成 4:3。

这时终场的哨声也响了。霍队终于赢

得了向往已久的胜利。

奥利弗和雅娜差点就被欢呼雀跃的队友和球迷们淹没。

但我注意到米尔克、凯文和丹尼斯这三个家伙却不在场。

我到处张望，忽然看到他们三个正朝场外走去，手插在裤子口袋里，一脸的闷闷不乐。

这就更加重

了我的疑心，我的第六感告诉我，这三个家伙肯定有问题。但是让我摸不着头脑的是，如果他们真想在霍队踢球的话，那为什么见到霍队赢了，反而闷闷不乐呢？但我可以肯定一点，那就是：奥利弗是没有问题的。

我等了雅娜好半天，才等到她从球迷的包围中解脱出来，又等她换完了球鞋。

这时我看到她的右膝也摔破了。

"恭喜！"我说。

"多谢。"她上气不接下气地说，"你好像是我们队的幸运星。怎么样，我们踢得还不错吧？"我

习惯性地耸了耸肩。老实说，我总觉得踢足球就是无聊地乱跑。

雅娜很得意地笑着说："反正我喜欢踢。怎么样，你觉得奥利弗有没有问题？"

"我倒不觉得他有问题，"我反驳说，"你看那个点球，他扑得多漂亮！"

"是啊，真是棒极了！我刚刚还在想，如果我们这次输了，那就是因为我犯的那个愚蠢的错误。"

我跟雅娜告别，顺便说："我看这事也可以告一段落了吧，我真的不喜欢足球。"

雅娜又把我拉了回去："明天我给你五盒口香糖，大侦探。"

我表示拒绝："算了吧，雅娜，其实我什么也没干。"

就这么着，我离开了球场。雅娜和她的朋友们继续欢呼庆祝。我觉得有点遗憾，从我做侦探到现在，还没有处理过这种被收买的守门员案。

当我路过奥尔佳的售货亭时，突然看到凯文那三个家伙在买口香糖。他们买的不是我喜欢的那种，而是另一种让人恶心的牌子。我心想，这群笨蛋，连什么好吃都不知道。

等他们走了以后，奥尔佳把身子探出柜台来问我："你认识他们吗？"

我点点头。

"他们刚才在骂人。"

"骂谁？"

"骂雅娜和一个叫奥利弗的。你上次跟我提过的那个波伦得尔队的守门员是不是就叫奥利弗啊？"

我赶紧纠正奥尔佳说："是霍仑德尔队！要不是今天奥利弗表现出色，霍队就又输了。"现在奥尔佳也坚信，奥利弗没有被收买。

我随着她说："是啊。"但还是满腹疑惑。

这天晚上我在床上翻来覆去，就是睡不着，下午发生的事还一幕幕地浮现在脑海里，我仿佛能看到凯文、米尔克和丹尼斯愤怒的眼神，以及他们在那里大骂雅娜和奥利弗的情景。但如果就像雅娜说的，既然他们三个想加入霍队踢球，那为什么还盼着霍队输呢？霍队赢了，他们应该高兴才对啊！

都快半夜了，我从床上爬起来，从冰箱里拿了两瓶牛奶。我可以肯定，那三个家伙在捣鬼，而且手段很阴险。

第二天早上我自然是困得不得了，差点把梳子当成牙刷，把背心和毛巾也搞混了。其实七个小时的睡眠已经不少了，但我还是困。我就这样半梦半醒地去上学。

在路上我看到奥利弗在过马路，他的样子可是把我吓了一大跳，让我一下子就清醒了过来。他的左眼肿了，下嘴唇也破了，下巴上还有很明显的被抓过的痕迹。

"你怎么了？"我问他。

他耸了耸肩，轻描淡写地说："哦，没什么，只不过摔了一跤。"

我接着问："被车撞了？"

"差不多吧。"他嘀咕着，自顾自地向前走。

我很想告诉雅娜，奥利弗竟这么凑巧被车撞了的事。可惜雅娜没来上课，听说是因为膝盖受伤而去看大夫了。这样的话我也只能专心上课了。我一心盼着放学，希望可以回家去睡个好觉。

多亏妈妈今天上中班，我可以安安稳稳地睡个觉，要不然她总会以各种借口把我从床上

叫起来，比如说做作业啊，或是打扫房间之类的。我往嘴里塞了两块口香糖，给自己倒了一大杯牛奶，倒在床上开始想我的事。

明摆着的事实是，奥利弗把我当成了一头大笨熊。说什么车祸，我才不上这个当呢！

我的直觉告诉我，他的伤肯定与那天霍队跟莫队的比赛有关。

进一步说，那天霍队赢了比赛，是奥利弗立了一个大功：他居然连点球也扑住了。虽说这有些侥幸，他的脚刚好站在了球要进的地方，但总的说来，在这种情况下他也不可能眼睁睁地让球就这样飞进网底而不加以阻拦。整个比赛中，丹尼斯、凯文和米尔克这三个家伙一直都在奥利弗的门后转来转去。

据我观察，他们好像没有和奥利弗说过什么，至少我没看见；而且尽管他们三个想进霍队踢球，但是当他们看到霍队赢了以后，非但不高兴反而很生气；还有，奥利弗今天脸上的伤，看起来不像是一般的车祸，大概只有压路机才能撞成那样，蛮严重的。

不对，不对……这都不是偶然。我敢打赌，那三个家伙和奥利弗之间肯定有什么不可告人的秘密。

他们有可能贿赂了奥利弗，让他故意在比赛里输球。但现在，他却扑出了那个点球，让霍队赢了，他违背了诺言，所以被他们打了。

我现在再也不觉得这个案子无聊了。看起来够惊险的！下一步我就要着重找出他们三个贿赂奥利弗以及奥利弗接受贿赂的原因。有没有可能是他们三个在恐吓他？三个对付一个总是挺容易的。

我赶快给雅娜打电话，她刚刚才从大夫那里回来。大夫说她的膝盖痛只不过是发育障碍而已。我才不会马上就告诉她我的发现，而是让她来我这里一趟。几分钟以后雅娜就站在了门口，她住得离我家不远。当我跟她说了我对奥利弗以及那三个家伙的怀疑以后，雅娜和我一样，认为这件事不算完，还得调查下去。这次她居然不再和我计较那五盒口香糖了。

她想知道我接下来的计划。

我早就准备好了计划。"直接去问奥利弗是肯定不可能的。他肯定什么都不会说。我有个好办法，那就是让我来当守门员。"

雅娜沉默了一会儿，然后慢吞吞地说：

"你行吗，克瓦特？你来守门？但这倒是个好主意，那让我爷爷保尔来踢中场。"

"下场比赛是什么时候？"我没有理会她的讽刺，接着问。

雅娜咯咯地笑着说："下个星期。"

"这么快啊！"我思考着，自言自语地

说，"那可没多少时间了。但愿还来得及，听着……"

我给雅娜很简短地讲了一下我的计划。她至少要在比赛开始前把我训练成一个出色的守门员，而且只能比奥利弗好，而不能比他差。然后剩下的就只有等待

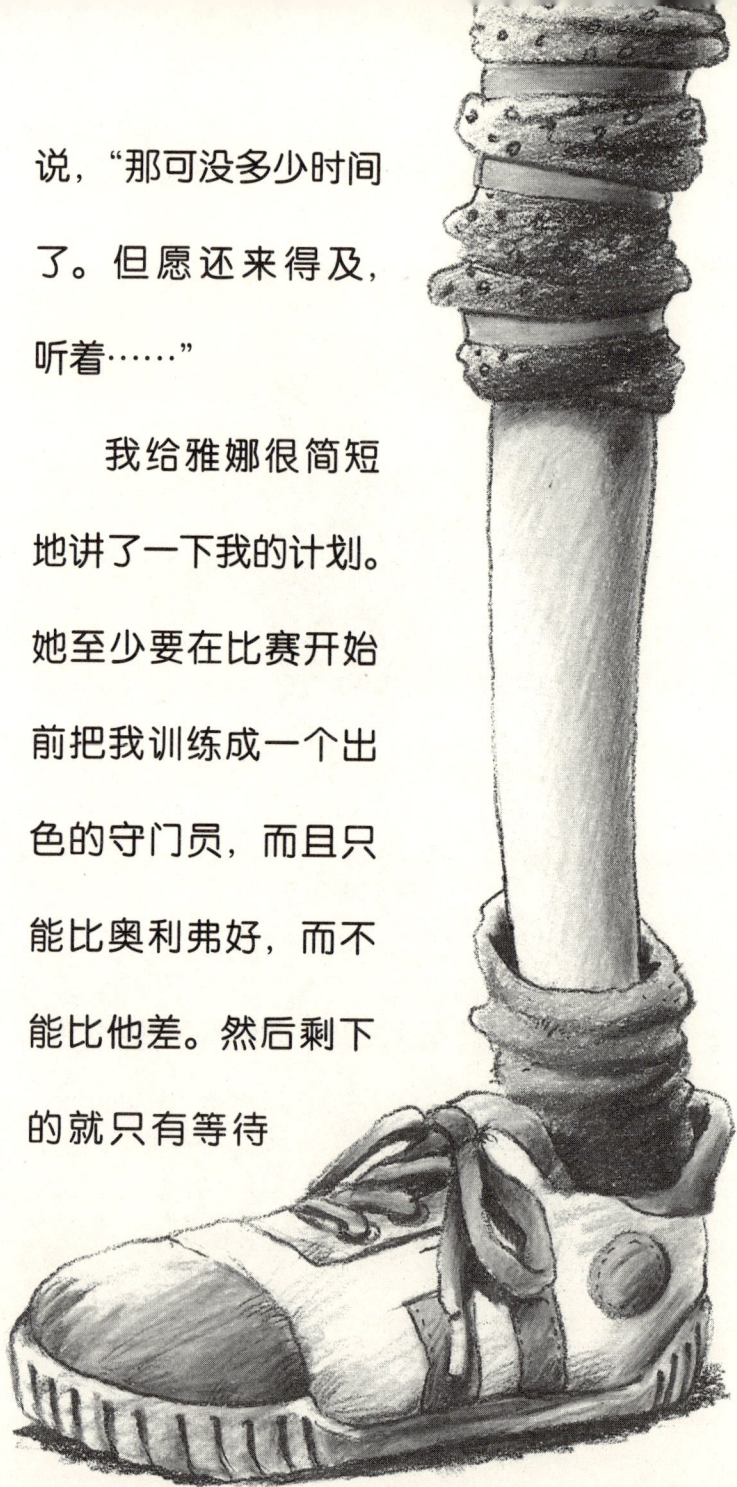

了，看看丹尼斯那三个家伙是否也来找我的麻烦。

就这么着，我成了守门员。我找出已经多年不穿的球鞋，用绷带给自己做了护腕，最后用条旧围巾做了两个护膝。

我现在看起来就像一只没毛的鸡，而且最让人讨厌的是，每天至少要在那个脏兮兮的球场上待几个小时。

我们约好每天训练三小时。第一天我一个球也没守住。

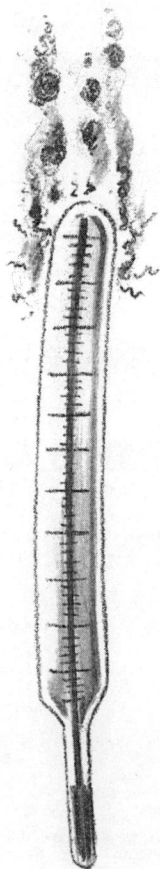

但是经过十个小时的训练以后，我居然能让雅娜对我刮目相看。谁要是想踢进我的球门，那可要小心哦，连雅娜都夸我是个天生的守门员。谁知道她说的是不是真的。我只知道我每天早上醒来时，因为肌肉酸痛连床都起不来。

但是一个真正的侦探是绝对不会向困难低头的。当然我也不会！

就在与高街队比赛的前一天，我们训练结束后坐在一起，聊起这支自联赛开始到现在还没输过一场的球队，我汗流浃背，手像着了火一样。雅娜今天发疯似的训练我，让我在球门前飞来飞去，左扑右扑。

我问她："你拿奥利弗怎么办？他知不知道明天我替他上场？"

雅娜睨（nì）笑着说："克瓦特，不用担心，奥利弗得了流感。"我不解地望着她，心想怎么会这么巧呢。雅娜见我疑心的样子，又添了一句，说："是真的！"

我接着问："那其他队员知不知道，我来

替补的事？"

"放心吧，我跟他们都说过了，他们也都同意。我跟他们说，你的水平和奥利弗差不多。你觉得丹尼斯那三个家伙会上钩吗？"

我站起身，对雅娜说："你不要忘了，我是干哪一行的。"

4

果真不出我所料，他们三个迫不及待地来找我了。雅娜前脚走，他们三个后脚就到了。最初他们只是站在远处等着，我知道他们要等雅娜出了球场，才会过来。球场上静悄悄的，只剩下我们四个。

他们走过来，站在离我一步远的地方。

米尔克先张嘴说："你球门守得倒还

挺牢的。"

丹尼斯接着说："我们观察你好久了。"

"我想，队里只要有你在，没人会想念奥利弗的，你比他强一百倍。"凯文总结说。

丹尼斯又提了个问题："你真的叫克瓦特吗？"

我点了点头。

"好奇怪的名字。"米尔克评论道。

我说："我的名字我自己喜欢就可以了。"

他们三个真的是来者不善，把我围得死死的。突然凯文和米尔克一左一右地抓住我的肩膀，丹尼斯紧贴着我站在我面前，眼含凶光地直瞪着我。说实话，我可不喜欢那种眼神，我都想象得出，接下来会发生什么事。

果真不出我所料，丹尼斯尽量装着极友好的样子，说："你们明天不许赢。"

"为什么？"我吃惊地问。

"因为你不会让比赛赢的。"凯文回答。

那就更奇怪了。"为什么我不会让比赛赢呢？"我问他们。

"因为我们很'友好'地请求你。"米尔克一边说，一边用手肘狠狠地抵住我的头。这种感觉可不是那么舒服的。

我忍不住呻吟起来，问："你们为什么希望霍队输呢？"

"不关你的事。"米尔克说着，松开了

胳膊。

我嘟囔着："可这到底是为了什么？"我有意让他们对我不耐烦，然后说，"那也可以。但是你们得给我点小意思，二十块钱总是值的吧。"

KWIA46596RB

20

凯文气呼呼地说："你还敢讨价还价！这儿谁说了算数啊？是我们。你按我们说的干就行了，少废话！听见没有？"

"看见奥利弗了吗？你还是好好想想吧！"丹尼斯幸灾乐祸地笑着，跟着那两个一起跑走了。

我没有猜错，事实果然如此。奥利弗受到那三个家伙的威胁，要他故意在比赛里失球。而奥利弗又是个胆小鬼，被他们吓唬住了。但刚才的事至少可以证明一点，奥利弗没有收受贿赂。他们三个现在又故伎重演想威胁我，那真是找错人了！等着瞧吧，还有更精彩的在后面呢！我就这样一路沉思着回到了家。

吃晚饭时我也静悄悄不说话。妈妈在萨尔瓦多比萨饼店预定了比萨饼，我们是那儿的老主顾了。

这里我要提一句，就是因为萨尔瓦多家的比萨饼外卖服务，让我侦破了案件：失踪的滑轮鞋。但此刻即使我努力地想通过这些辉煌的战绩让自己振作起来，也还是徒劳。

过了许久，还是妈妈打破了沉默。她问我："你怎么一句话也不说啊?"

我把最后一块香肠比萨饼塞到嘴里，小声地说："我不经常这样吗，妈妈？"

但妈妈可不是那么容易就打发的，她又接着问："是不是遇到什么难题了？"

我回答说："没有，其实不难，而且我已经解决得差不多了。"

"噢，那太好了！可你怎么还不高兴？"妈妈倒表现得极其兴奋。

高兴？我犹豫了一下。我到底该不该和她说呢？我自己都不知道会发生什么事。

她肯定不会让我去冒险的，所以我还是把嘴闭上，最好什么都不要说。

但是话说回来，我得找个人商量商量。丹

尼斯、凯文和米尔克那三个家伙看起来不像是在开玩笑，他们会动真格的。

所以我还是索性告诉了妈妈："我有点害怕。妈，我不知道明天会不会被人臭揍一顿。"

既然已经说了，那我就和盘托出，都告诉了妈妈。妈妈听着，不时地提问，直到她弄清楚了整件事的来龙去脉为止。

然后她就一直望着我。我已经预感到了她会说什么，肯定是：明天你得乖乖地待在家里，一步也不许出门！

但是出乎意料的是，妈妈却想知道霍队有多少队员。

我回答说："加上替补队员一共十二个。"

妈妈笑着说："噢，有十一二个呢。你没有想过吗，这么多人还不能保护你一个？"

"当然可以了。但问题是，如果他们是在上学的路上等着我，或者在别的什么没人的地方，那怎么办？雅娜他们不可能总和我待在一起啊。"

“那你也要想出对策来呀！你还是不是私家侦探哪？”妈妈鼓励我说。

我搂住妈妈的脖子：“那你同意我去踢球啦，妈妈？”

“你知道该怎么做的。好了，现在上床睡觉！”妈妈说着，亲了亲我。

我躺在床上一直睡不着，大概过了一个小时才关了灯。我把计划想得差不多了，如果一切顺利的话，凯文那三个家伙就会原形毕露；但如果计划不能顺利进行的话，那我的下场也可想而知了。

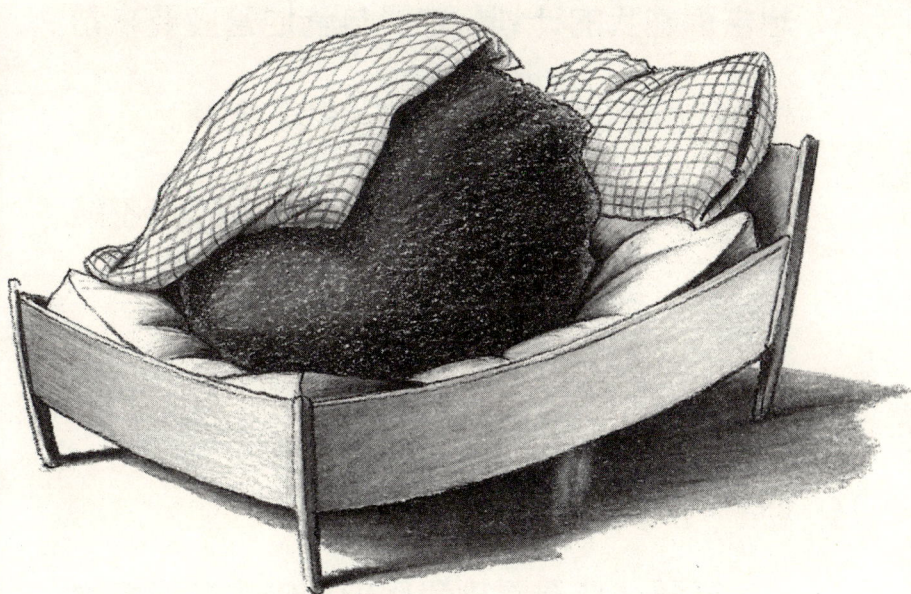

那天夜里我睡得很沉，像块石头，第二天早上精神抖擞，勇气倍增。

在上学的路上我碰到了雅娜，告诉了她那天她从球场上走后所发生的一切，并且对她说了我的计划。她显得很兴奋。

中午我以百米冲刺的速度跑去找奥尔佳，

想告诉她我的计划。她很热情地答应要来帮忙，而且还送了我一盒卡本特牌口香糖。

这正是我眼下最需要的，因为我自己都能感觉到，我越来越紧张。

比赛开始的时间是三点，但我、雅娜和其他球员约好提前一个小时在球场碰头。

当那些球员看到我用旧围巾改造的护膝时，都忍不住笑了起来。我不得不承认，它是有点太引人注目了，因为我还用家里密封保鲜瓶瓶口的橡胶圈缠在了护膝上，以确保它们在我跑动时不会掉下来。

直到雅娜跟他们介绍说，我不仅是替补守门员还是个私家侦探时，他们才不再嘲笑我了。

听了我的计划以后，所有的队员都表示会参与我的计划，甚至有一个队员宁愿逃音乐课也要来帮忙。

这时，高街队的那一帮"战士"们也到场了，我的心一下子就沉到了脚底。天呐，他们每人平均要比我高出一头来！难怪他们百战百胜了。

我跟雅娜小声嘀咕说，他们该叫"高街－摩天大楼队"才对。她只是咯咯笑。

"我就靠你了，克瓦特！"雅娜鼓励我说，"你和奥利弗一样出色！"

比赛就要开始了，米尔克、凯文和丹尼斯慢慢地朝我走来，最后站在了我的球门后。我早就料到了，他们以为我会像奥利弗一样怕他们，所以也站在门后想威吓我。我尽量让自己不去注意他们，但是我总能感觉到他们在背后盯着我的眼神。

这天我的守门出奇地厉

害！不管是低球、高球、角球还是故意往我身上踢的球，我的手就好像有磁性一样，总能紧紧地粘住球。连我自己都弄不懂，为什么每次他们射门的时候，我都好像事先算准了球会朝哪儿飞似的。

那些高街队的"战士"们甚至开始怀疑自己的中场能力太差，一连换了两次人，但还是不管用。

到半场休息时，比分还是零比零。我看到凯文那三个家伙极不满地朝我挥手，意思是让我过去一趟。我装作没看见，毕竟有这么多队员在，谅他们也不敢拿我怎么样。

在下半场，高街队的"摩天战士"们对我

们的攻势更加凶猛了，一直把我们压在自己的

半场里。但尽管如此，这么多的射门没有一次

能破我的门。比赛最终还是不分胜负。当然，

如果我们能赢是最好的，但是像这样的比赛，

要对付这样一群巨人，能踢平也是相当不容易的呢，可以算是个不小的胜利吧。从丹尼斯、凯文跟米尔克愤怒的眼神里就能感觉出，我们这场球能踢平就是最大的胜利了。

而我就是头号功臣。当十二个男孩再加上一个女孩一起向我冲过来时，我不知道那是什么感觉——我觉得怪怪的，也说太不清楚。

队友们把我围起来为胜利欢呼，可我这时候宁愿他们别再拍我的肩膀了，而是让我舒舒服服地躺在床上，好好休息一下。他们挤得我都快透不过气来了。

我好不容易才从人群里挤了出来，对大家

说了句"现在开始了"。

"我们一会儿在烧烤棚见。大约一刻钟以后，听明白了吗?"

"懂了，克瓦特!"

我就这样一路狂奔，一步也不敢停地向前跑。我能听到身后尾随而来的脚步声。他们三个肯定是看到我一个人独自离开球场，而不是和其他队员在一起，所以生了疑心，马上就跟了出来。

我们就这样一前一后追着跑了大半个市区。我的胸口像针扎一样痛，我只能大口大口地喘着粗气才能呼吸。而那三个看起来也快喘不上气了，但他们还在拼命地追，好不让我

烧烤棚

溜掉。

在穿过市区树林的那一段，我故意放慢了脚步，好让他们三个休息一下。直到烧烤棚那里他们才赶上我，气喘吁吁地把我推倒在一张长椅上。

米尔克最先缓过气来，马上朝我吼道："现在该让你吃点苦头了！"

"就是。"凯文一边大口地喘着粗气，一边用袖子擦着汗。他的脸涨得通红。

丹尼斯二话没说，一把把我揪了起来。直到现在，一切都是按计划进行的。下一步就该队友们出现了，要不然我就要挨揍了。我可不想让自己挨拳头。

我赶紧喊:"等一下!我可是侦探!"他们三个听了却爆笑成一团。凯文嘲笑我说:"克瓦特,你怎么不说我们三个是救世主呢?"

我嘴里咕哝着:"是啊,是啊。但我真的是侦探。因为雅娜怀疑奥利弗在前两场比赛里是故意丢球的,好让球队输,所以才叫我来帮忙。"

米尔克朝我挥着拳头吼:"少废话!"就在这个时候,雅娜带着队友们从灌木丛后跳了出来。他们三个当然再没有机会欺负我了,转眼间他们就成了劣势的一方。

雅娜像向首长报告似的问我："一切都还好吗，克瓦特？"

我点点头，惊魂未定地说："就差一点点。"

这都是我事先计划好的，我要把丹尼斯、米尔克和凯文引到烧烤棚这里来，然后由我的队友们好好地给他们捏捏背、搓搓澡。不过，这之前我得尽可能地消耗掉他们的体力，以防万一双方起冲突。但如果起冲突，究竟会到

什么程度，我却没想过。我当时还跟雅娜说：
"让一切顺其自然吧。"

"你们还没回答我呢！"我接着问他们，
"你们为什么要威胁我和奥利弗？到底为什么
和霍队过不去？"

那个一直低着头看着地上的凯文，这时
突然抬起头，直瞪着雅娜，愤愤不平地喊道：
"都是因为她，那个蠢货！"

我吃了一惊："啊？"

"就是因为她，这个蠢驴！"米尔克接着凯
文的话说，"自从她进了霍队，大事小事都是
她说了算。比如说，谁可以踢球，谁不可以，
谁做替补，甚至去哪儿踢都是她做主。还有，

你们这一群窝囊废，"他手指着雅娜的队员，

"就任由她摆布。"

　　"我们本来很想进霍队踢球的，都是她这

个蠢货处处刁难。"丹尼斯气愤地解释说。

　　"我们踢得也不比他们差！"米尔克也插了

一句。

凯文接下去说："所以我们决定了，无论如何都不能让霍队赢得联赛。"

丹尼斯继续说："因为我们知道这是雅娜最不能容忍的。要不是你出现了，我们说不定就办成了呢。"大家沉默不语，烧烤棚里一片安静。

雅娜羞得都快要挖个地洞钻进去了，头一直低着看自己的鞋尖。

最后还是我打破了沉默。我问大家："现在怎么办？"

人群里有人喊道："怎么办？当然这么办！"说着把凯文的胳膊向后使劲地拧过去。凯文痛得脸都变了形。

"住手！"我赶快喊，"打架不能解决问题，我到现在还没有一次办案是动用武力的呢。我倒是有个好主意。雅娜，给我用下你的围巾。"

她听话地解下来给了我，然后我把它系在了身边最矮的一棵树上，不慌不忙地量了十一米远的距离，在地上放块石头做标记。最后我让一个霍队队员把球借我用一下。

一切准备就绪，我回头对凯文、米尔克和丹尼斯说："现在你们每人有一次机会，谁能踢中那条围巾，谁就可以下次参赛。"

蒂姆　　巴布罗　　尼克　　雅各布　　埃迪　　卢卡斯

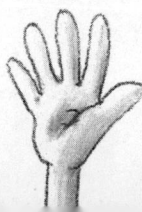
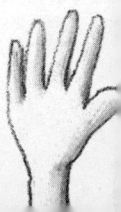

"你疯了，克瓦特?"雅娜极不高兴地打断我，"队里是你说了算还是我说了算?"

我对她的话理也不理，接着说:"赞成我的意见的请举手!"大家犹豫了一下纷纷举起手来——只有雅娜不同意。

我得意扬扬地对她说:"你看到了吗?"她狠狠地白了我一眼。

凯文这时开口问:"那如果我踢不中呢?"

我笑着回答说:"那你就脱光了衣服，穿着内裤回家。至于你的衣服嘛，明天可以在奥尔佳的售货亭取回。"

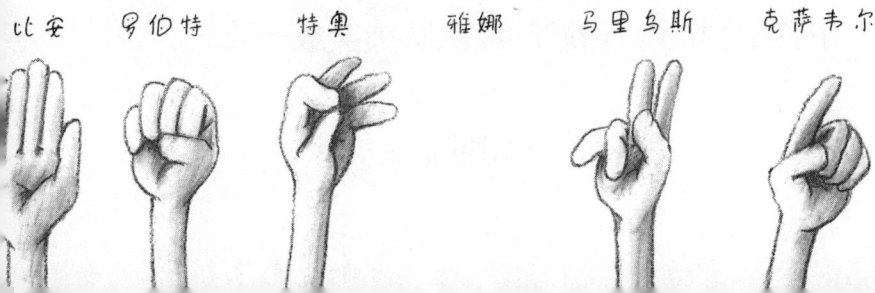

比安　　号伯特　　特奥　　雅娜　　马里乌斯　　克萨韦尔

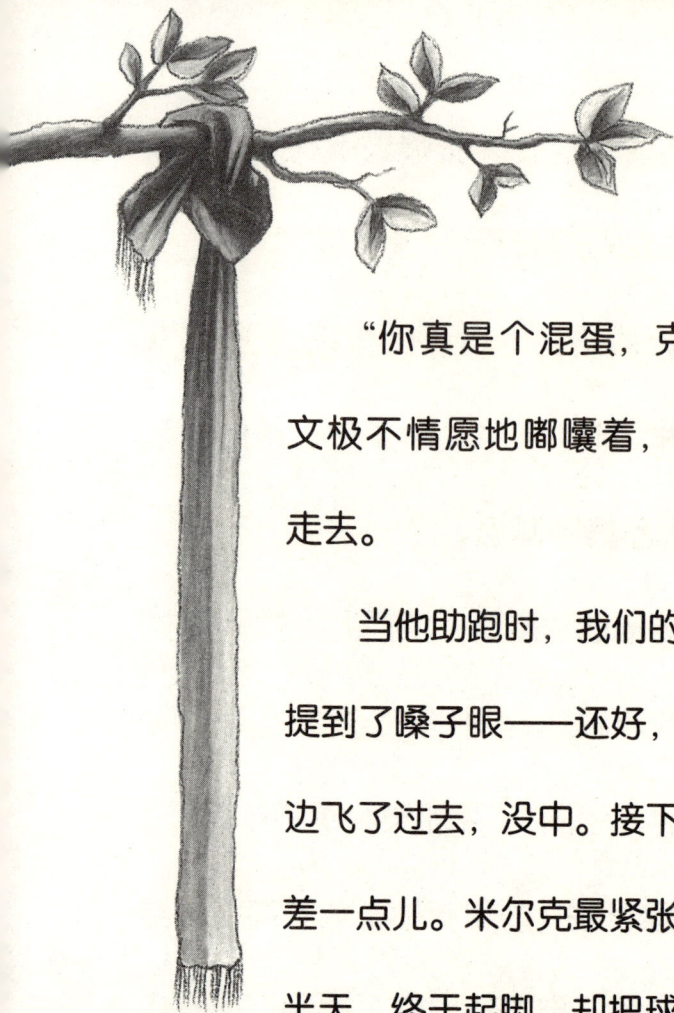

"你真是个混蛋，克瓦特！"凯文极不情愿地嘟囔着，第一个朝球走去。

当他助跑时，我们的心都紧张得提到了嗓子眼——还好，球擦着围巾边飞了过去，没中。接下来丹尼斯也差一点儿。米尔克最紧张，犹豫了大半天，终于起脚，却把球踢到了另一棵树上。

几分钟以后，他们三个就灰溜溜地只穿着内裤回家了。身后的霍队队员笑成一片。

烧烤棚里撂（liào）着三堆衣服……

第二天雅娜来找我，塞给我五盒事先说好的口香糖。显而易见，雅娜对他们三个把球踢飞的事极为满意。她说："谢谢你，克瓦特，如果我们下次还需要替补守门员的话，我肯定会来找你的。"

我听了这话真想问问她："那你为什么不请我做正式的守门员呢？"不管怎么说，这次能和高街队踢平还是我的功劳呢。不过，

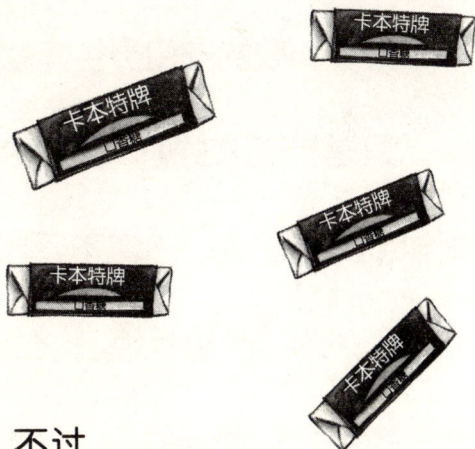

可能昨天的事让她还有些生气吧。

我拿出一块我最热爱的卡本特牌口香糖，填到嘴里，说："一次就够了，太多的运动等于自杀。"

好了，我的守门员生涯就到此为止了。

只是接下来的几天里我的肌肉一直酸痛，所以我对自己说，下次不管什么案子，但凡跟跑步有关的，一概拒绝。

当奥利弗听说那三个打他的家伙被我们狠

狠地捉弄了一番的时候，别提有多开心。

霍仑德尔队最后在决赛里又碰上了高街

队，尽管奥利弗用尽全力守门，但最终还是以

0:4 输掉了比赛。

凯文、米尔克和丹尼斯现在在莫扎特队踢

球，尽管他们也为霍队的比赛成绩感到高兴，

但他们发誓，在下一次联赛里绝不会对霍队手

软，一定要一决高下。这就表示他们还要继续跟霍队作对。

过了一段时间，雅娜也转到另一个混合代表队去踢球了。这事儿居然还像新闻一样被登在了报纸上。而且，她也被那些新队友们推选为队长……